见面吧

冯唐
灵魂诗作

冯唐 著

北京联合出版公司

冯唐灵魂诗作

冯唐 著

北京联合出版公司
Beijing United Publishing Co.,Ltd.

桂三昧
一言以蔽之
曰：雅无邪

代序：
关于诗歌的十三个自问自答

1. 问：诗歌在文学中的地位是什么？

   答：我不确定诗歌在文学中的地位是什么。我确定诗歌是文字的孤峰，诗歌是文字运用的极致。孤峰顶上，再无上升之路。

2. 问：诗歌对于人类的作用是什么？

   答：诗歌对于人类的作用是最大的无用之用。天空一无所有，但总给人安慰。江河湖海不言不语，但总让人沉静。爱情一无是处，但总让人闹心挠肺。诗歌不当吃，不当喝，不耐寒，不挡雨，不给人安全感，但是给人翅膀，痛饮读《离骚》，脚踏莲花，贴地飞行。

3.　问：能不能说一个诗歌更加实在的作用？

　　答：说两个。第一，美容。放下手机，每天背诗睡觉，三年之后气质完胜潘安、貂蝉。第二，泡妞。一天发一首情诗给你爱的女生，发三百首之后，三百天之后，怎么也能追到了。

4.　问：你第一首诗是什么时候写的？写的是什么？

　　答：1980 年。那年我九岁，上小学三年级。

第一首诗写的佛法。全诗是这样的：

印

我把月亮戳到天上

天就是我的

我把脚踩进地里

地就是我的

我亲吻你

你就是我的

5. 问：这本诗集《见一面吧》是什么时候写的？写的是什么？

答：都是我四十岁之后写的，五十岁之后写的也有。都是三句自由诗，一共三百零五首，九百一十五句。写的是人和人之间的亲昵和无奈，看花有意，落叶无声。

6. 问：诗歌给你个人带来了什么好处和坏处？

答：一个好处是，诗歌让我用文字打败了时间。我肉身还没死，每年春天，"春风十里不如你"就会刷我自己的手机屏幕。另一个好处是，诗歌让我能相对安全地向女生表示爱意。哪个女生会厌恶一首写给她的情诗？哪个女生会厌恶给她写情诗的诗人？坏处是，诗歌耽误了我不少挣钱的心情和机会。

7. 问：在诗艺上你有什么老师吗？

答：有好多哦。《诗经》中的诸位无名老师、孔丘、庄周、屈原、司马迁、李白、杜甫、李商隐、杜牧、苏轼、竹林七贤、张岱、叶芝、王尔德、亨利·米勒、松尾芭蕉、石川啄木、辛波丝卡、海子、顾城、北岛……这个单子可以很长。

8. 问：如果只能选一个，在诗艺上谁让你受益最多？
    答：李白。

9. 问：如果想做一个诗人，天赋更重要还是后天学习更重要？
    答：都重要。如果非要说比重，天赋占七成，后天占三成。

10. 问：还活着的诗人里，你最喜欢哪个？
    答：鲍勃·迪伦。

11. 问：还活着的华裔诗人里，你最喜欢哪个？
    答：我不告诉你。

12. 你对年轻诗人有什么建议吗？
    答：多喝酒，多恋爱，多写诗，少想诗歌理论，少想死后自己诗歌的命运。

13. 问：你能给我写首诗吗？
    答：我还是送你个包包吧。

在 树梢 起风

在水面下雪

在你不知道的时候想你

在你不知道的时候想你

一棵柳树沿着护城河走到了夕照寺

一株山麦冬走到了花瓶

你家有个完整的护城河

冬天了，我送你双冰鞋

你就可以绕城飞

一个皮肤白得要命

头发黑得要命的女人

和一个男人轻盈地离开了

年的时候

未来明确

走入迷茫之中了呢?

明天和生命尽头常常清晰可见

时间折蝶

春花晃眼

你家开三个月了

你买的车真棒

你又用苹了

你从不说想我

"你想我吗？"

"下周在吗？喝茶吧"

你问："我想你，怎么办呀？"

我向庙和太阳拜了三拜

说不出话，想不到要期望或者不期望啥

每次见你都似乎分开了很久

或者第一次见

或者马上就会不在人间

就此分手吧尽管。彼此还想做点什么

带回家，当成作业来做

太累了

我不知道什么时候该问你

我想知道你的

每一刻

你此刻在做什么

喝豆浆没有油条是无比残忍的

灯光亮在你的头发上

手不能摸摸，也是

一年一填一缴的税

不定期梦见的你

手里不停老去的躯体

一条鱼在嘴里有了初夏的味道

户外柳絮飘

初夏有了你的味道

仔细盘起的一丝不乱的头发
努力开放的大朵的花
一些我不真想搞明白的谜

那些第一眼就坚定地爱上我的人啊

我看着你的眼睛

坚信上一世我拿走了你的宝物没还

我看到你头发上的光

找个时间，找个地方

让我好好看你如何发亮

我认为值得你
相信棒在你重
如你所说

你黑黑厚厚的头发

致幻蘑菇的编码

好想摸一下

想念怎么能总挂在嘴上

好吧，我最~~烦~~的时候想起你

最想显摆的时候想起你

我看到的今夜星空

是几万年前的 光

我看到的你，是此时的你

看到一块石头似的,值你

孔丁说

没有呆作

如梦幻泡影，如露亦如电

天天想到

但是，偶尔的妄想虚幻真是美好啊

第一章

章 节

"例题"

隔了十年才又见面的很多人

透过今春的海棠看过去

恍惚来生转世

天地才是最大的古董

从唐到宋，从明到清

创造保护毁灭，人仰马翻包浆丰盈

四十五岁生日前跑过东京皇居河边的残樱
青春攒足力气如樱花般在瞬间开尽
剩下枯木般没有任何花期的后半生

有几张人脸死活记不起名字

书架上多出来

几把不知道开什么的钥匙

最虚无的语言反而最恒久

长安城凋敝

小孩子在西安高新区的街道上背唐诗

相对无话

寂静，唱歌

给了我灵魂

"至今思项羽，不肯过江东"

十五岁时觉得他定义了 loser

四十五岁时觉得他是个好情人

半百之后的恋爱

和结果无关

四季轮回，花该开没开

盂鼎大人
盂鼎大夫
𥁕叔多父𥃧

树尽力而为的是理解风

历史尽力而为的是理解是非

我尽力而为，什么是美，什么是醉

枕上不承认已是做了叔叔的年纪

梦见儿时读的名著

少年时思念的那几个妇女

翻书，以为懂了，其实没有

梦你，以为过去了

其实没有

春衣宿花

　　秋心长苔

每次都以为能胜，每次都输

你让我走开吧

我走不了

一走了？

"我爱你，你爱我吗？"

无数人感到

极少人说出口

你送了一瓶据说喝完才能今生圆满的酒

酒喝完了，我没死

你不知道在哪里

有了孩子之后怕死

　　于是有了人寿保险

有了爱情之后怕老怎么办?

怕一切又只是另一个轮回

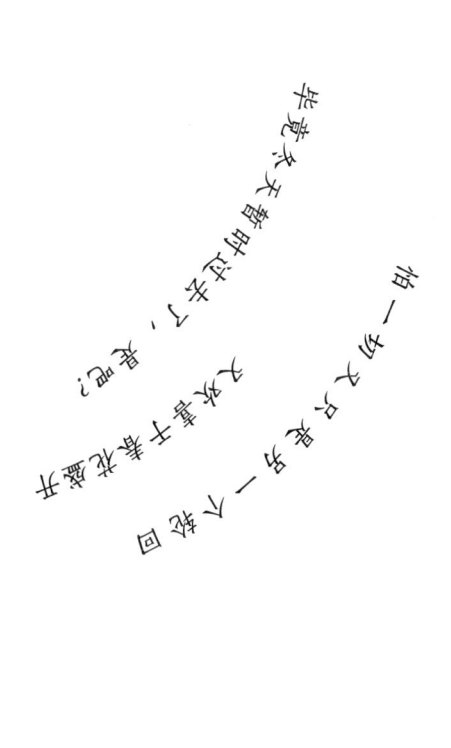

又欢喜于春花盛开

毕竟冬天暂时过去了，是吧？

"我一直想，世界上一定有一个人

只是为了我而生"

"其实，类似的人至少有二十万"

"我爱上了他爱我的感觉"

"少女心"

"不只是少女心，是一切心"

迷恋上一个女生之后的日子可以非常简单

你就盯着她看

心里、嘴里说"你真好看啊"

你把东西连声了
没有用
松手

手撕内衣

箭射飞机

都是上世纪封建残余

在大雨里不打伞

　人为什么总要做对的事？

　　雨抽在脸上的土腥味真好闻啊

姚怀洋

张子红辉

蓝雨采名系

因为写完了一部大稿子

因为看到很多人性之苦和光明

因为看见你啊

看到某种彗星

听到某种音乐

我感到一种呼唤

化学反应速率与化学平衡

上篇

参考答案

用土地生春叶的方式
用山川出珠玉的方式
码字

晚唐风字砚

昨天鸠居堂白菊笔

今天的雪水磨墨

我没给你写诗吗？

"为什么不是天天都写？

为什么不是每首都写给我？"

一个没有浪费过生命的人

终将一事无成

男人写的好文章必定涉及某个女性

真正的艺术天才不会征求他人意见

不会反复记仇

不会只认得世俗的成功

伪艺术家仿佛做局的投资人

内心空虚，强颜欢笑

骗一人是一人

特别羡慕你们这些门外汉

好，不知道哪里好

坏，不知道哪里坏

不朽的诗人死后

要留下诗歌、酒肉和地方

比如粽子和汨罗江、东坡肉和苏堤

画家是多余的

恋爱是多余的

人类的本质是不是也是多余的？

一年二人三養四壽
五作六護七面八耕
九樹十料

细看基因组学

人和狒狒的基因差异不到百分之一

人和佛呢？

某某某小声说道

傅奇先说

古你回到飞船

少年时喜欢雨天

觉得味道和触觉比语言丰富

被说成精神和三观有问题的少年

四十五岁生日思考人生

发现最爽的还是做儿时的事

翻书、码字、一醉、一睡

我三岁时我爸反复教我如何自己拉屎

我爸八十三岁时我反复教他如何用手机

我想了一下中间这八十年的意义

最好的老哥是在我小时候

问我想抽谁，他老了之后

给我一百元打车回家

一百年前平均寿命五十岁

我昨天五十岁生日

之后的第二生会有什么不同?

想到一百年前人类平均寿命五十岁

以及我已经写出了春风十里不如你

余生皆假期

五十岁和四十岁相比

　　缺了很多精力，作为补偿

　　多了很多记忆

收拾二十年来的旧物

似乎初相见

似乎提前见自己的坟墓

人生第一原则是自己的事情自己做

第二，不给别人添麻烦

第三，在不违反第一和第二原则的基础上，自己任性定一个

做最好的老年

就要记得自己最牛 × 的几个故事

然后绝不重复讲它们

年近半百之后

每一笔每一画

都是试图除去前半生傻 × 之处

排行不
顏十一百
誰小王人書

我内心还是个少女啊

我身体还是个处男啊

今天的雨下了停，停了下

我决定不计算

去年挣了和花了多少钱

坚信没剩下的钱都花在享受生活上了

想做一天酒店游泳池救生员

打发一直不走的时间

等待从不到来的危险

孩子敢于做

而成人往往做不到的是：不给万物命名

很快忘记、不在乎受伤

想起小时候第一次泡妞儿

没啥好手段

只好带她去楼下旅游

少女味道的记忆

对我已经很遥远了

心死也不远了

有些人对某些人的记忆

仿佛指纹或掌纹

要很多次很多伤，才不再泛起

记忆如初雪一样坚实

你下过之后

再下的就不是你了

月亮靠在树枝上

你的头枕在我肩上

月
亮
还
是
落
了

你说，送你回家

我就按你说的做了

你在你家路边的马路牙子坐了很久

我那一瞬间

我那一瞬

我没说你是我的

凉些就更美好些的是

　　　啤酒、香槟

淋雨后没擦干的你

我想念你

我觉得我们会在不同时间和空间里

以不同速度繁盛和老去，不复相见

风大的时候难免忘记

以及记起

你仔细洗好头发远道来看我

杭州之美在湖与笋

昨夜和你走湖有雨

今日独跑有汗

记忆里发香浮滑，面目渐渐模糊

梦里嘴唇粘连，十指扣握

清早，星落雨落花落

一个湖，可以看一天

一盆火，可以看一晚

一个人，可以想几十年

不是有去无回的

不是爱情

但是一直有去无回，会到哪里？

那个把我二百封手写信烧了的

那个人

那个夏天

你睡无不着

你永远离不开

爱不于米，爱不于操

初见你以为是一时的天气

见了又见

发现是看不到头的气候

你来时我总有时间见花总是开

你说花是　　怎么想的？

已经很久没见了，但是想起

她一笑啊

命都想给她呀

你见过少女时代的我

所以我舍不得离开你

因为我贪恋一个人记忆里完整的我

你当初的那些女朋友啊

她们长得真好看啊

我给她们看过手相

输的都不是政治家

赢是第一道理

女人最大的美就是进攻性

那些美得让人心脏发紧的姑娘啊

一句话不说，吃菜，喝酒

她们知道自己的力量吗？

男生对女生的了解

只是

蚂蚁对一条胡同和一个地球的了解

原来学医，是在标准品的基础上鉴别

后来遇上的古玉也一样

遇上的男女之欲也一样

我妈说，你活到今天是个奇迹

"小时候我开着挎斗摩托带着你

我一刹车，你就飞出去"

月圆之夜

多数妇女血流不止

个别男子按既定概率变成疯子

每小兒未滿一歲忽患脾泄瀉

千更止方

諸瀉不止方

自以为血压控制得不错

自以为修行得还行

为啥测血压的时候一想到我妈，血压就立刻高得不行？

献给反人类,

献给反生灵、反人类的人类

献给反人类的人类

李婉

母亲并保志

献给一生最爱之人

遇见好人把好人害了

遇见坏人被坏人害了

出生是个死亡率百分之百的事情

把人和众人的恶行

都放在阳光下，如同研究人类疾病

是抵御轮回的捷径

你知道你会死。我知道我会死

但是谁也不知道哪天会死

这就是日子

在一百零一岁小林的咖啡店
喝了一杯冷的、再一杯热的
凑成一种享受套餐的满足感

机场的安检员

脸和嘴不停念叨：好烦哪！

她为什么不看看旅人每一张不同的脸？

每次拖着箱子
离开酒店的房间
觉得又死了一次

明天安排里没有任何不会干的事儿

可是想想明天

还是很累

忙到，剪完指甲

觉得完成了

一件非常重大的事儿

脚底和头顶抵住

长沙发的两端

一节电池在充电

遇上似乎天大的事儿

关上手机

明天再处理，切记

初冬的霾像孜然放多了的烧烤

初夏的霾像胡椒放多了的炖汤

我们的世界就是一个铜墙铁壁的厨房

总是不确定是否上好了闹钟

夜里总想去确认

闹钟响了，和死亡一样确定

睡了一个大觉

不觉梦无数

人脑子里究竟留了多少杂物

学会失去

越早越好

我忽然觉得自己有些残忍

人类最大的愚蠢一定包括

上车前嫌麻烦

不上洗手间

小脸红扑扑拿着酒瓶走出餐厅的人有福
而且还不是周末
而且还是中午

十年到处工作之后

把所有的纸书聚集到一处

我第一次意识到，到死也读不完了

今天的黄昏是我很爱的那种

街上是打着伞却不急着走的人

天空是一张没擦干眼泪就忙着笑的脸

记住，那些看着你

问你最近是不是瘦了的人

都是爱你的人

以后只和两类人花时间

真，好玩儿

真，好看

把四处的藏书归到一室

远远看去

仿佛时间和百兽喧闹的山林

明月别枝惊鹊
清风半夜鸣蝉
一霎儿晴雨

读佳书睡去

梦里因果颠倒

酒醒写诗、看雨

永远马上能让我快乐的是：

北京看得见西山的天气

冰到恰好的一瓶香槟、书堆、你的腿

"你喜欢哪种女生？"

这些话不能说

要看遗嘱

喜欢的标准是

和你一起时间过得很快

想多多见到你

好吃的食物

大范围抚慰身体

在体内走过身体一大半的距离

你的美和肉体也一样

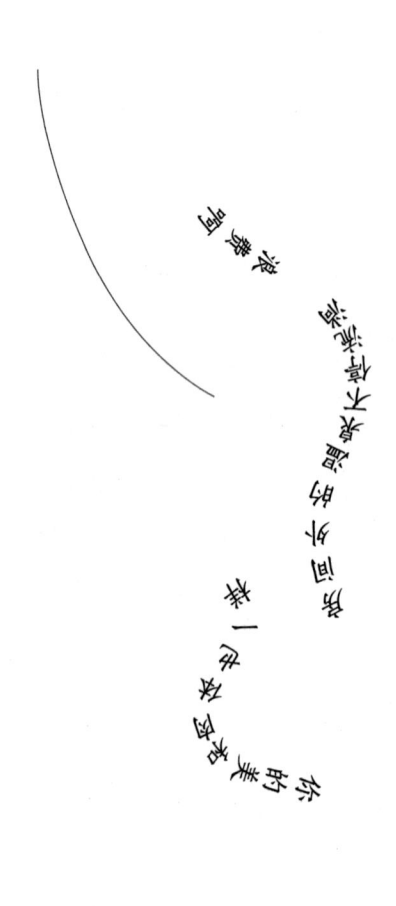

房间外的温泉不停流淌

浪费啊

"我想你怎么办呢？"

"我在这里啊"

"你在这里我又能怎么办呢？"

认识你之前

总觉得一辈子很长

现在觉得一辈子太短

手中一颗围棋子

我不知道放在哪里

她也不知道

有些人有些夜晚有些酒

不能不喝完

不能不离开

好房子的终极标准就是

一看到就想坐在那里和你喝杯酒

然后睡一下

报税的季节呼啸而来

人发明了很多

让人觉得生无可恋的东西

六分饱

大半瓶酒

浅浅的苦和人性丑陋还没来得及浮出表面的恋爱

"你为什么这么对我让我烂醉如泥"

"我什么都没做啊"

"你为什么要见我"

你质问我记得什么

我记得那天的湖水

比湖水水灵的你

"你为什么这么对我让我烂醉如泥"

"我什么都没做啊"

"你为什么不见我"（怕辜负，怕陷落）

"我的午睡都在想你，阴魂不散"

"那是我前世修得神功"

"你没什么神功，是我闲的"

我以为我几乎忘记了所有细节

钥匙左右扭动的声响

那晚窗户里的夜的光

我们在这里看过寒冷的天气

你不知道来去

也不信我说的所以

你看流云，在操场上

你美到

让我主动克制自己的欲望

你的发髻和佛的背光和她的刘海儿

宣纸上的墨迹

暗夜里若隐若现的哭泣

天再冷一点吧

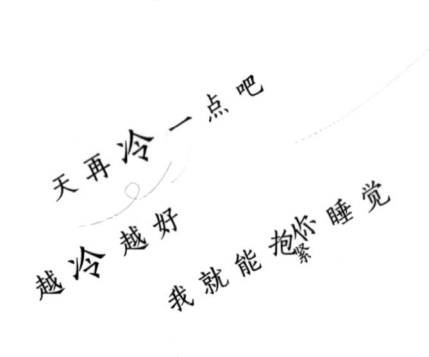

越冷越好

我就能抱你紧睡觉

你印证了你我相同的一个重要三观

你说，"放下一切，

和我在一起吧"

你有那种开一瓶酒喝不完

点两个菜又多的孤单吗?

我有

在每杯酒里看到你

硬硬的

像鞋里的石子

在醉前睡去

不设闹表

反复梦见

你　你　你

你

你　你　你　你

你

你　你

你　你

你

你　你

你

"你为什么要看我这个样子？"

"你说你想喝多"

其实你质问过我很多次："你见过我其他的样子吗？"

你喝多了，俯身抱我吐

右手在我脖子上用了很多指爪的力气

我记起了当初你头发的气息

侧身躺在你身后

大把抓着你的头发

想抓一晚，但是很快睡着了

大把头发抓在手里

像流水和时光和生命一样滑一样沉一样无奈

除了醉和作罢之外，还有别的办法吗？

今晚我想园
我们喝湯吧
然后抱一下

每个人都很辛苦

我不责怪醉了的任何人

我希望有一天我烂醉，有人会善待我

我喜欢那些以十年为一年的人

提到四季

他们会在潜意识里喝一些酒总结一些规律

喝好酒和喝差酒，醉的区别是

一个是你不想醒

一个是你不想活

当花开起来的时候忍不住想想你

你说为什么要看你醉去

我说天底下哪有比这更好的别离

谜语

双手分十时

我俩尺了不算你的了。

一岁牛犊刷河坡

二少人

相处一少人

我发誓再也不爱她的姐姐了

再次点

点

你醉了

你说不着睡不了

我一直不哭一直不动

我不得不一次次见你

我不娶你的原因

是我太爱你了

想不清为什么的事才可以做很久

听雨

看你

一切都了结了。
世界走向前
我独立在你的那一天

你走上楼梯的时候

我每一步都听着

你耻骨之下，都好美

我贪看你的时候

我能改变天气

和花开放的次序

我去海边溜达溜达

如果不能抱着你亲哪亲哪

如果不能喝到倒下

你一直在

漫　无　边际地说

后来我才知道我一直在笑

我才知道我爱上你了

我愛你

我喜歡上了你

我難以忘懷你的一舉一動

我想你的时候你说不要物化女生

我不想你的时候

你说记得我的野蛮

好爱不为难

不为难的还是好爱吗?

人世间没有一定的道理好讲

为什么不能如初相见

你那时候的肉体透明

我关上了读书灯

下雨，下雪

肉身泡在温泉里

想你，淅淅沥沥、噼里啪啦

那些乱睡的青春

那些烂在心里的诗

那些不想说话的日子

这样粉白的脸

配这样墨黑的头发

老天总觉得人间不够混乱

毛笔在白纸上留下

你的黑发

黑发留白处是你的鬓边

喜欢在北京这个缺雨的城市看雨

从窗户望过去

你用二十几岁的身体撑开雨具

最初的书法大师哪有帖临

最初的心烦哪有经念

我还是念你吧

看唐代白玉梳子

想流水一般的黑发

玉梳像桥一样不动

我们这些工匠就着女性的身体

创造瓷器

恍惚间还是迷恋那些身体

大行家们穷尽脑汁夸奖李朝瓷器

"它只是站着"

第一次遇见你，你也只是站着

为什么飞起来了?

因为你胖

如你一样的人

我发给你最爱的角楼照片

"我最喜欢和你一起散过步的角楼"

那个角楼呢？

坐在北京南城的街头

一个钟头，发现

不热爱妇女的人就是没趣味的人

看见美丽到眼前一亮的女人的脸

顿生欢喜

说好的主要欣赏灵魂的啊

改革开放以来中国共产党

执政经验研究

张荣臣

在昆明

昆子

天上摔下半个月亮

其实
总体我很喜欢北京的四季
我可以转着圈爱你

落叶归根的大问题是

遇上拆掉的地方、变了的人

常常反复追问，原来到底是什么样子啊

榆叶梅花挤在枝头

广场舞大妈挤在桥头

大妈的声音大过花

杭州就是一个偏素的火锅

一窝水，很多草木房屋

一些不怕热的游客

山風很冷
好久沒听見了
再吹大陸的和叫

长假的时间不再像瓜子

一粒粒的

而是像月饼，一坨坨的

见到月亮拜一拜

见到太阳拜一拜

见到你拜一拜，没任何期待

你说风景多漂亮

我看风景好忧伤

男人不过七十岁

"做艺人一定要红，

不红别人为什么要找你！"

其实也没只有身后名的诗人

最好的将军想不清楚、不该想
他眼前的战争在人类历史上的地位
尽管他偶尔会纳闷

我来看看你到底有多好看

再决定买不买你的书

然后我就买了好几本你的书

时间

只有佛才能时间

知道一时限定无物量几

后一号

巫师、术士、医生、祭术家、王

远古的时代

僧侣敲碎巨大、复杂、优美的坛城

仿佛一切不曾发生

坛城的碎沙一刻不停形成下一个坛城

尽心力打造的坛城在瞬间坍塌

观察坛城的人没看到一粒沙

一粒沙也没看到让它再汇聚的刹那

佛手几指？

舍利何骨？

无明之人，常常理直气壮地把自己逼到绝路

刻舟人信否

佛之外

都佛了

這是人类嗤
一旦滅亡
的事情。

一阵大哭

一阵狂笑

我这颗心又在发烧了

和我们比算法的都输了

和我们谈放手的都赢了

和我们谈莲花的就让他们开放着吧

后半生致力于提高性激素

熄灭好胜心

不做胜率的计算

在花下，我忽然理解了

与其仇恨，不如一直愧歉

这样才有来世和不朽

越是记仇的人

越要善待他们

万一他们活不久怎么办

在我看清恶的力量之后

我转身从小门逃走

像一只小兽

做了那么多恶事

丝毫没影响睡眠

说明那些都不是恶事

是的，没什么大不了的

因为能 放 下

所以能负重

所有激情最终都会熄灭

运气好的变成亲情

无关道德修养，这是自然规律

我有能力在一段时间只喜欢一个姑娘

但是无论如何，只是在没得到的那段时间

这个和姑娘是谁无关

爱情到了快四十

像老人一样包容

像儿童一样瞬间放下

有了孩子才真体会到衰老

他们一天天长大

你一天天离开

四十八岁时

八岁时初见的小学班花说想抱我

觉得一辈子没白活

十年没见，请小学第一美人吃饭

第一次见面竟然已经是四十年前

"我俩成功错过荷尔蒙超高互相伤害的时期"

不上床的恋爱

都只是情窦初开

哪怕一次次再来

雷电交加

"当年发的偷情被雷劈的誓真的有灵吗？"

"劈你的雷已经在路上了。躲着树"

"简简单单的两个男女

为什么不能简简单单地相爱？"

"仿佛一个孩子不敢游向脚触不到底的大海"

初恋,重逢,不见

一个人的海边

一个人的港湾

少年时连续梦见你七夜

昨天梦见你在梦里醒来

问我少年时那七个夜晚

十八岁前后我总想和身体谈谈

身体一言不发

拉着我做了它想做的事情

思念一些肉体

仿佛枝条思念一些春天

比枝条多了很多无趣的权衡和取舍

你是一朵插在任何花盆都要撑破的花

我有能穿透时间的文字

我问你，我要不要死在花下

我想闻闻你头发分开的白色

然后死去

然后再去

经常遇见之后的下一次

还是期待见到

你化了妆，洗了头发

散开你的长发

让我再玩会儿它

窗外星星如落花

我想玩会儿你的头发

一会儿两会儿三会儿

四会儿五会儿六会儿

我在海棠树下笑
明天不要忘记我
"不忘"

睡熟的时候硬盘坏了
明天脑子一直被复制
直至某时

人头其实是花盆

负责种植头发

以及宣扬它

睡着以后

脑子被某个力量拿走

装进些什么、删除些什么

祭山人羊
重八岳敦羊
羊止了

一生总共有三样
早上、中午、晚上
现在就只有晚上了

一元钱开几扇门
几乎每人
几乎每年

不要这么浑浑噩噩

我生你不是为了让你吃喝玩乐

"我也没让你生我到这无聊的人间！"

人就不能像花一样

调零吗？

尘落成尘

人是奇怪的生物

我的心

是永生之物

我错了一个转
以后不吃喵粮辣
喵先这小转

我学会了一种死的语言

人类里只有另一个人会

这个人不知道躲在哪里

大破中軍
小殺方心
之外誰是我對頭

我们禅宗只有一和○ 你在一瞬间毕业 你就是没有修行

所有的生物都不做坏事

而且感恩

世界会怎么样?

如果三观不合

在诉诸武力之前

先赌个输赢，不好吗？

我洗了一个凉水澡

早知道修心之路如此曲折

我还不如直接成魔

天月之佛寺

地以水化心

人迷着秋冬不语

说好不成材

只用好这块材料

如果所有人都争第一，一世界的狰狞

脑子里满着、纠结着

诗啊雪啊星空啊，这些无用之物

就进不来

你总是有办法

把人问得流泪吗？

但是如果有选择，谁想哭啊

"不要总问

你觉得对就走"

想起投资人的问题，虚张声势，为答案找支持

嘴是棉花做
不是吃饭说话
就是纸包

我看点阴暗的书睡了

困惑等过一阵就没了

　　和所有的爱一样

我梦见很多怪异的事情

我想记下来他们的梦境

他们吐了就再也看不清

倒时差的梦里

全是焦急、焦躁、焦虑

日常的修行都去了哪里

累极睡去

梦里开一辆车出去，二环三环四环

醒来裤子还没脱去

她帮我系上上衣所有的扣

和我说

你不要在乎别人的感受

我们害起人来先害自己

我们骂起人来先骂彼此

我宁愿和你吵也不愿

爱别人

总有些美好

会抗拒残暴

每个春天定时开放

喜欢美好的事物洒下来
你洒下来，雨雪洒下来
冬天午后的阳光洒下来

你一杯水

国是大海

大海说是你的了

作速
菊花
心乱如麻

人都有过不去的心魔

比如想念一个不该想念的人

比如维护一个必败的局

初恋说

如果我能容忍你爱别的女人

我就真是不爱你了

涿郡市种莲子

渔阳市出鱼盐

北平市姓名多

你喜欢

我喜欢

这一场有惊无险的遇见

你不会不知道我是一个坏人吧？

你还需要知道的是

这个坏人自残地决定今生放你一马

她不想独占你的时候

她也不再爱你了

基因就是这么矛盾

我的一生虽不建国，亦建诸侯

啊

王濬

当"日常的捆绑"变成一种骨子里的习惯

当"有选择的任性"成为一种不纠结的坚定

这个时候，寿司的味道，大概是回味更胜本来的味道

荒木经惟说他老婆死后不再拍女体

只拍天空

他老婆死后他只拍了几天天空

煲仔饭里的肥肉和猫

如果在一个庙

如果在一个你无法躲开的一秒

我看诗集的时候

你把外套穿来脱去

你告诉我很多道理　我觉得你受了委屈

我和你说

钻戒，你买给我啊

我想的不是钱，是你

想我吗

我不是在陪你喝酒吗

窗外雨也下了很久了

意淫寂寥

千里之外

不约而同地意淫了彼此呢?

有些石头天生激发人类贪欲

有些人和这些石头类似

你是之一

你一定是众花中最脆弱的花

回家后

你又哭了

我实在找不到夸你美的话了

只能说你的鼻子

是透明的

触摸你周身的小物件，和你咬耳朵说话
你问有没有时间见见，时间它就来了
你说，你喜欢我吗？

我是通你的屁眼了

我是通你的山眼了

旅客吃

你有勇气脱光我吃我用很多形容词形容我

为什么不能像个人样地离开

雨大了我就跑了

我跑过你家楼下，我没看见你爸

你家楼下不少大妈，我没看见你妈

我跑过你家的楼，我遥远地频频地向你招手

你可以对我的身体做任何事情

让它知道四季以及四季轮回

宇宙之广和宇宙之罪

我要花多少钱

才能让你消失在茫茫人海中

鱼和玉和雨

我全部痛苦的来源是我想你

我全部的解药是

抱紧你

如果我只有三天寿命

你就是我这三天的光明

我在我的一部分生命里深深爱你

我们擦肩而过，之后为什么没有大雪零落？

我们以泪洗面，之后为什么还能笑脸迎客？

我们相互温暖，之后为什么还是如此寂寞？

二、养之间的意通普什么

跑来了

上看了

细雪长时间落在山上疏散的林子

好美啊

你细白的长时间的笑

去院子外面接大捧大捧的雪

烧开小小一壶水

泡随身的茶

图书在版编目（CIP）数据

见一面吧：冯唐灵魂诗作 / 冯唐著. —北京：北京联合出版公司，2024.5
ISBN 978-7-5596-7297-1

Ⅰ.①见… Ⅱ.①冯… Ⅲ.①诗集—中国—当代
Ⅳ.① I227

中国国家版本馆CIP数据核字（2023）第241387号

见一面吧：冯唐灵魂诗作

作　　者：冯　唐
出 品 人：赵红仕
责任编辑：龚　将
- -
北京联合出版公司出版
（北京市西城区德外大街83号楼9层　100088）
三河市中晟雅豪印务有限公司印刷　新华书店经销
字数50千字　　787毫米×1092毫米　1/32　9.75印张
2024年5月第1版　　2024年5月第1次印刷
ISBN 978-7-5596-7297-1
定价：68.00元
- -
版权所有，侵权必究
未经书面许可，不得以任何方式转载、复制、翻印本书部分或全部内容。
本书若有质量问题，请与本公司图书销售中心联系调换。电话：010-82069336